I

走りゆくこの汽車もいま消されをらんボーヌの丘は深き霧のなか
輪郭をもたざる命やはらかく黄にくぐもれりあれは太陽

窓越しに迫りて過ぐるにんげんの阿鼻叫喚の木立はつづく

自爆テロはいまkamikaze《カミカズ》と呼ばれをり若く死にゆくことのみ似たる

二〇一五年十一月十三日　パリ同時多発テロ事件発生

十三日の金曜日にテロはなされしと新聞にあり煽るごとくに

追悼、愛国、右へ倣へといふごとくトリコロールの顔が増えゆく

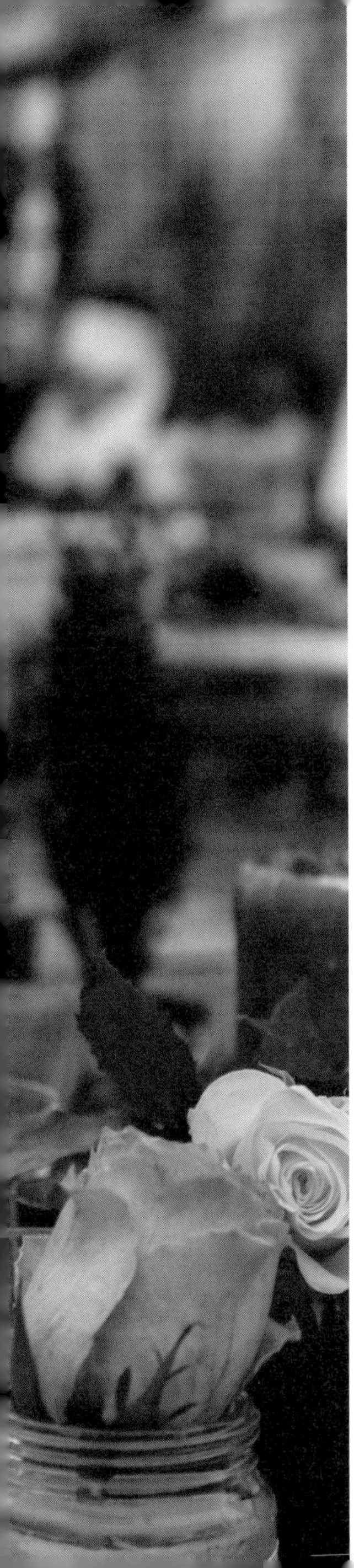

劇場の惨状伝ふる中継の声に重なるイマジンの歌

自転車でグランドピアノを曳き来たりイマジンを弾くスーツの男

SAUVONS DES VIES STOP LA GUERRE
17 PLUS JAMAIS

《Fais la guerre dans ton coeur》《「戦争は自分の心の中でやれ」》カフェの壁に撲り書きあり

パリ・リヨン駅

込み合へる人のしづかに広がりて警察犬は車両を出で来

ハーモニカの音かすれをり地下道に投げ銭を待つ小さき子どもの

Quentin M
Olivier H

シナゴーグ前に並べる警護兵のひとりひとりの低きBonjour《こんにちは》

機関銃四本の前を通り過ぐ斜め下に向く銃口四つ

十一月二十七日被害者追悼式典

白々とふたつ吐息をなびかせて大統領は演説始む

黙禱の後にニュースは戦闘機十機の空爆をたんたんと告ぐ

戦争が始まつたんだね月曜日の市場に花と水買ひにゆく

もみの木は網をかけられ売られをり撓む梢に森の香はして

時間から過去がはみ出しゐる夜をひたりひたりと打つて消える雪

RELAIS
ODEON
Brasserie

薄墨のNation《ナシオン》広場いくつもの言語飛び交ふカフェに傘閉づ

三色旗とベルギー国旗の揺るる間に濡れて垂れゐる千羽鶴あり

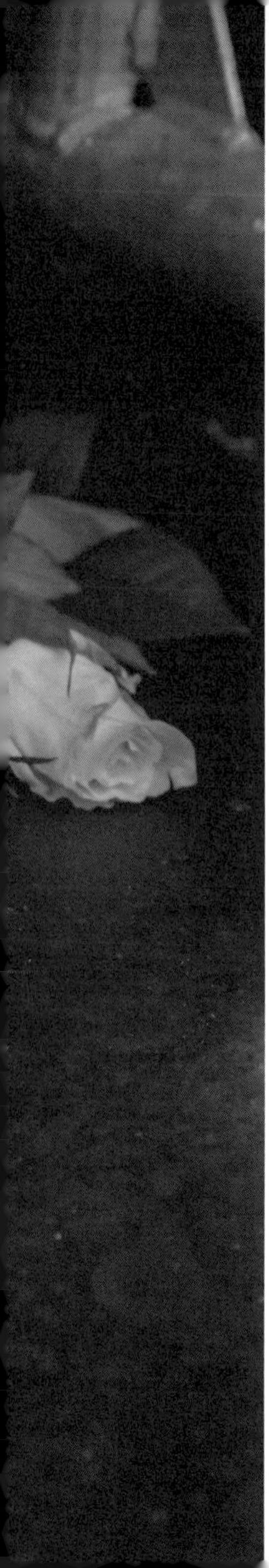

蠟燭を日々片づける皺深きユダヤ人をりレピュブリック広場に
重なりあふ平和を祈るメッセージ滲まぬやうにカバーかけをり

バタクラン劇場前の路地の上に四本の薔薇濡れて横たはる

二百年立つ凱旋門カモメたちは海なき海を悠々と舞ふ

Ⅱ

リヨンに住んで十四年

金の頭公園《テット・ドール》にマロニエ芽吹く昼さがり戒厳令は延長さるる

ロマネスク、ゴシック、フランボワイヤン　時を積みゐるサンジャン教会

にんげんの死にゐる重み抱きたるマリアにほそき蠟燭ともす

一八〇五年ナポレオンとジョセフィーヌはサンジャン教会を訪問

ジョセフィーヌの座りし椅子に「触るるなく感嘆せよ」と注意書きあり

ナポレオンの再婚を描く絵の中に人は集へどジョセフィーヌ居らず

汗のにじむ肌《はだへ》のごとく街の灯を浮かべて昏く流れゆく川

ローヌ川に昼を眠りてゐし船が夜に灯りて人をのみこむ
音と光の交差する中うごめきぬ船底を揺らす漆黒のダンス

踊り手と一体になる（音響が体を抜ける）レンズ覗くとき
どこまでが我でどこから被写体か揉み合ふやうにシャッターを切る

息を止めてゐたと気づけり半押しに焦点が合ふまでの十秒

ダンサーが黒豹に変はる瞬間をファインダー越しに迫りつつ見る

光線を抱いて回転する人のその恍惚を捉へる恍惚
暗転ののちのしじまにカメラから抜け出でて聞くわたしの呼吸

宵闇に溶け入るやうに歩むとき首を撫でゆく春の川風

絹雨のマルシェの隅の花籠にミモザは淡き光をあつむ

BNE
BNE

星屑がしゆんと四方に降る深さ蠍は石の下に眠ると

サハラ砂漠に降る星の音を語りをりイスラミストを取材する人

貼られゐるアフリカ地図に道のない道をなぞれり武器のゆく道

生くるため入隊をせし女たちも死にゆく武器となりて銃を持つ

命を産む女に生まれ爆弾を体に巻かれ死にてゆきしか

PRIEZ POUR ELLES - VEILLEZ SUR EUX

子の命抱きて海を渡りしに不法移民の不法とは何

祖国とは土地か言葉かシャガールの絵に浮かびゐる馬と花嫁

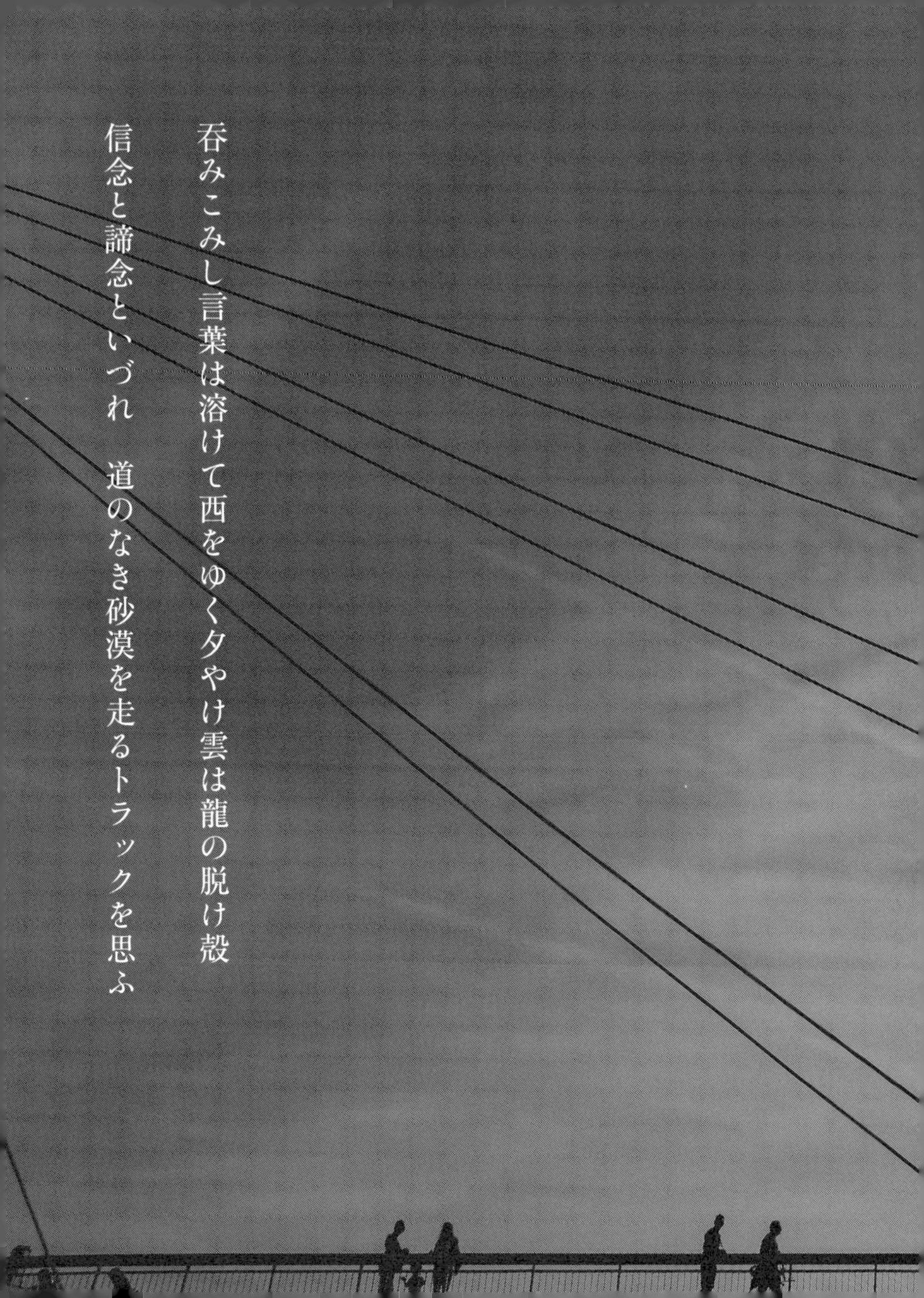

吞みこみし言葉は溶けて西をゆく夕やけ雲は龍の脱け殻

信念と諦念といづれ　道のなき砂漠を走るトラックを思ふ

Ⅲ

人に名を初めて呼ばるその声の新しきまま夏となりゆく

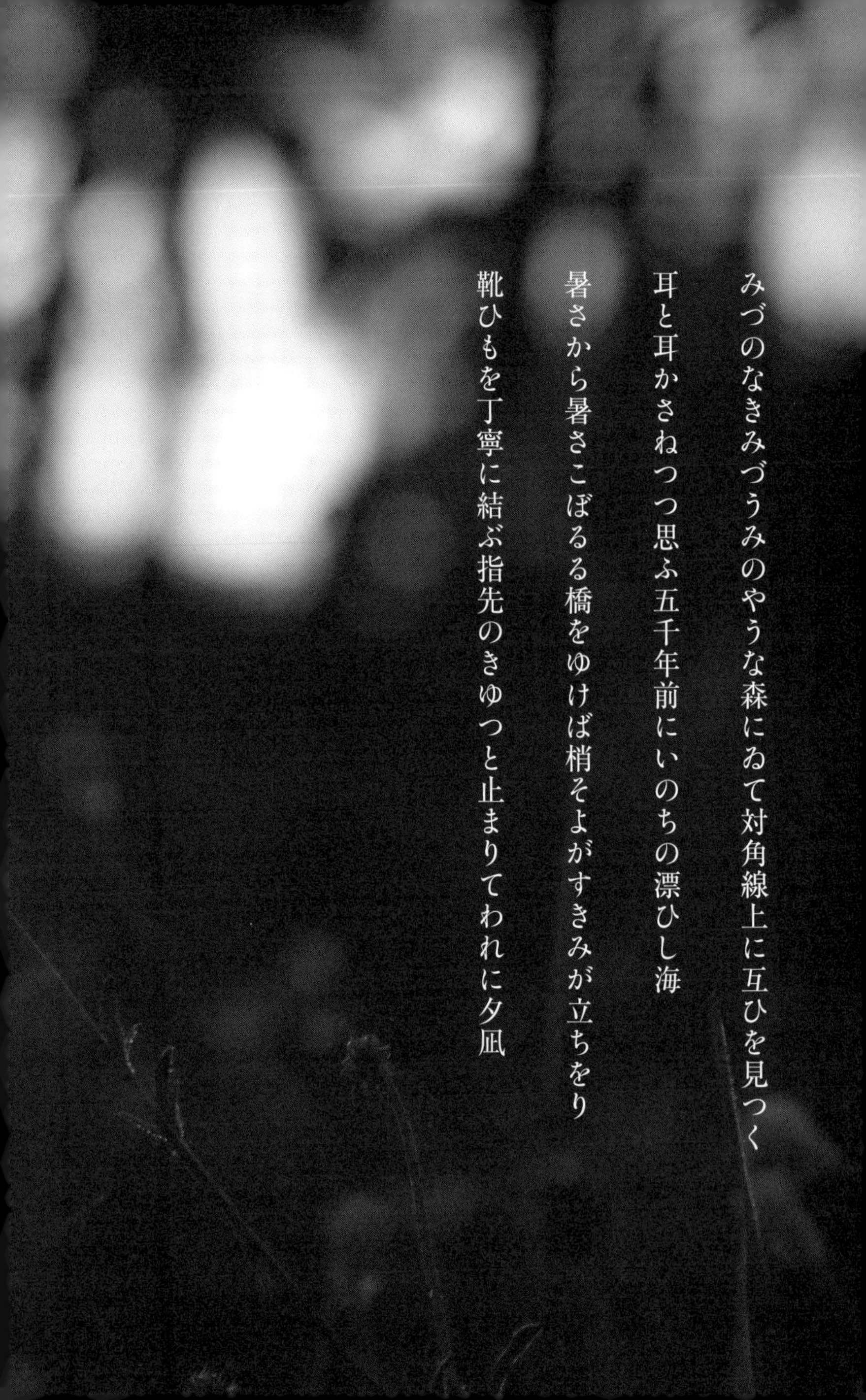

みづのなきみづうみのやうな森にゐて対角線上に互ひを見つく

耳と耳かさねつつ思ふ五千年前にいのちの漂ひし海

暑さから暑さこぼるる橋をゆけば梢そよがすきみが立ちをり

靴ひもを丁寧に結ぶ指先のきゆつと止まりてわれに夕凪

わが内に棲みうる小鳥探しつつ川風抱いてゆく小鳥市

ぴつちりと重なり並ぶ鳥かごに手は入り来たり鳥を摑める

マカロンのかさこそ箱に鳴るやうに売られてゆきぬ朱き小鳥は

ONET
PROPRETÉ ET SERVICES
SNCF

一本一本が戦死者といふ都合よき嘘を聞きつつ雛罌粟の中

ウィンドーに映る女の奥行きに鳥らしきもの少し歪んで

ぬるきカフェの苦み飲みほす戦時下にあると思ひゐるLe 14 juillet《革命記念日》

nord s

三色の雲を引きゆくミラージュはいづこを爆撃せし戦闘機

熟さぬまま三つ四つ落つる杏の実ラ・マルセイエーズは雲間に響く

二〇一六年七月十四日　ニースでテロ事件発生

花火大会を見終へて帰る群衆を二キロにわたり轢きしトラック

LIO DI G.PPE
ARGENTERIA

紺碧の海の深さよ再延長さるる国家非常事態宣言

十七歳からの入隊募集あぢさゐは首を伸ばして夏に枯れゆく

れるフランスでしたが、その裏に様々な政治や経済の問題から生じる不幸な流れも多々あります。実穂さんの心に内在する正義感や矛盾を放置できない潔癖性が、楽しければそれで良いじゃないという安易な日和見主義を駆逐して、このような強いメッセージをまとった作品を作り上げたことに驚きを感じています。写真と歌をシンクロさせながら、美しく、アーティスティックな筈のパリやフランスの裏と表、黒い光。それはフランスだけではなく、人間が生きているあらゆる場所で起こり得る社会の難しさを表現しています。物事を表現するには、作者の視点というものが大切です。その視点が見る者にとって斬新だと、他のメディア、他の作者の作品とは違った訴求力を持ち、思わぬ人々にも響き合う可能性に繋がります。17年という長い時間を日本人として過ごし、同時に実穂さんの

てこその独特の表現なのです。実穂さんはその滞在中、

悲しみも、また悔しさも経験し、その

す。その一つ一つが

ありま

私がパリ

歩いたのはとても

が少ない。

光

年パリ同時多発テロ事件・その後　栞

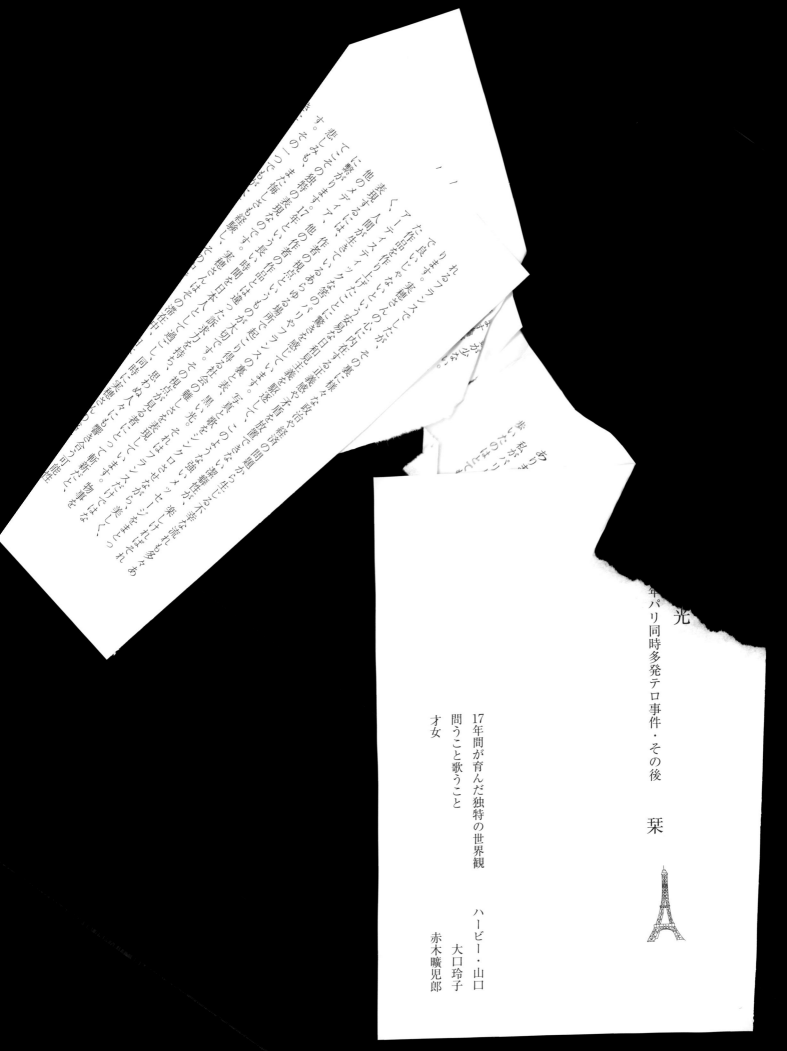

歌集　黒い

二〇一五年

都市なのだが、在留邦人

吸する。

歩

そ

17年間が育んだ独特の世界観

ハービー・山口
（写真家、エッセイスト）

穂さんには2017年、私がパリのマレー地区のギャラリーで小さな個展を開いてお会いしました。実穂さんはフランスに長く住んでいらっしゃることから、深い造詣をお持ちで、それでいて物腰の柔らかい洗練されたお人柄に、同行、男もすぐに打ち解けることが出来ました。実穂さんは絶えずカメラを携行る毎に熱心にシャッターを切っていらっしゃいました。私は写真家です姿を見ると、一瞬にしてその方の写真への情熱の多少が判別できるのカメラを構える姿に、「この方は何者だろう！」と感じるものが週間ほどの間、ジャズのライブコンサートにご一緒したり、街をでした。そうした穏やかで、アーティスティックな時間が流

降りそむる雨にさはさは木々たちの葉音はいつか雨音となる

ゆうらりと去りゆくひとを思ひをり湖底に降れる雨のしづけさ

石でありしころに嗅ぎたるにほひして人に沁み入る雨を見てゐる

消えやらぬかなしみのやう薄き石にぎればわれの手のひらにうみ

握りゐる掌をひらきゆくひんやりと魚の化石のやうな夕どき

みづうみの昏きへ下るひらさかに影を落として肺魚はゆけり

麦の波に囲まれてある廃棄場に崩れつつ立つ観覧車見ゆ

曖昧な返事の届く雨の日にグリーンゼブラを丸ごとかじる

Tomate
DE
Provence
le Kg

BRITISH
SHOES

水平線に立ち上がる虹波のごとく寄せては顔を抜けゆくカノン

地下ガレージの我が家の倉庫バールにて破られてをり二つ隣も

母と子の三台盗まれ片隅に父のみ残る自転車の家族

わき出づる雲をぎゅんぎゅん引き連れてリヨン六区の警察署へ行く

それぞれに人うつむきて座りをり〈兵隊募集〉のポスターの下
われの名とわれを見比べ尋問を始む警官1662749番

盗難のリスト打ち込む細長き指に光れる緩めのリング

曖昧な記憶も職も旧姓も記録されをり盗難届けに

フランス語の間違ひだらけの供述に間違ひなしと三度署名す

国籍を再び問はるテロ警戒巡視パトカー戻り来しのち
事情聴取終はればひとり残されて遺失物めく長き廊下に

巡礼の影を曳きつつ向日葵は夏の終はりを俯きてをり

濃くなるまで待つべきだつたアールグレイどこかに忘れて来た子らの声

曇天に尖れる今日を放り投ぐフニクレールは地中を上る

Ⅳ

空港は風の立つ場所　セキュリティゲートを二回裸足でくぐる

五時間を滞在許可証申請の移民の列にわが並びゐき

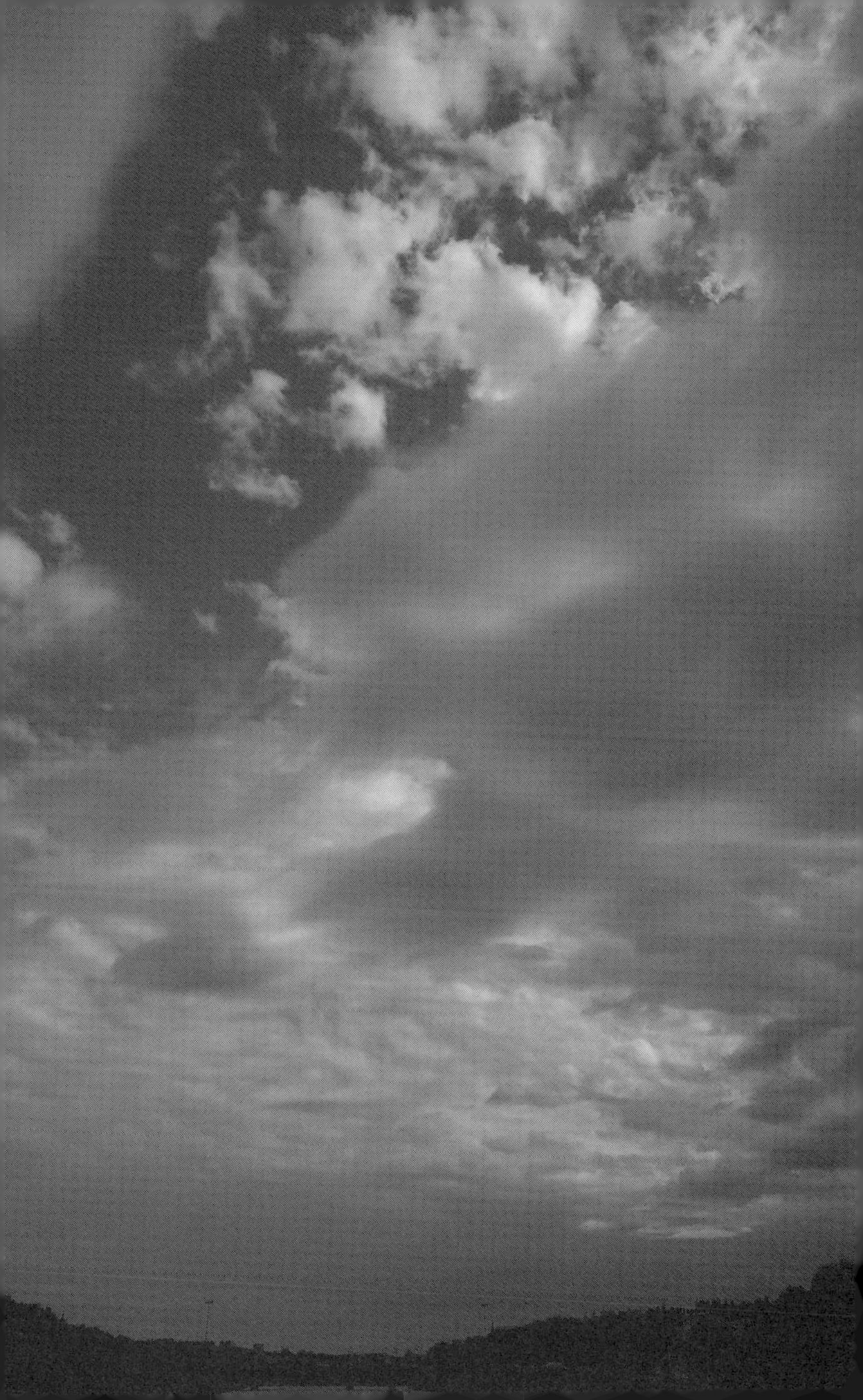

はだか木にばくりばくりと残りゐる柘榴あるいは昨日のわたし

シリア空爆が続く
〈Mission vigipirate〉《テロ特別警戒》パトカーのミラーより見られてをらむ三叉路にゐて

遅延情報見て立つわれの傍らを兵士ざざつと上りゆきたり

乗り換への人の流れを割く岩のやうに座れりシリアの母子

それぞれの村にひとつの教会のやさしく建つが車窓より見ゆ

十字架に肌《はだへ》の白く俯けり死につつ生きて人の名はある

戒厳令敷かるるパリの小春日を娘は電話に告げて切りたり

茴香《ういきやう》をポトフに入れる　さみしさや戸惑ひよりも遠いところに

家族といふかたちを語る子とわれのあはひに見えない雨は降りをり

雨を来てショア記念館の受付に国籍問はる　石に石の影

モノクロの引き込み線を目にたどる靴音一つこもる展示室

Zakhor, Al Tichkah. (Souviens-toi, n'oublie jamais)

思ひ出すこと　忘れないこと　伝ふること　〈名前の壁〉の上に冬空

弔ふは花瓶のこころ往来に万聖節の菊をあがなふ

さつきまでパンだつたはずパン屑がテーブルに落とす十月の影

鳥は樹に樹は薄闇に消えゆけりわれは鱗を脱ぎ夜に入る

ユージン・スミス写真集『水俣』

灰色の海へと指を伸ばす子の泣く声　ユージン・スミスの写真に

かけがへのなきものを抱き、失くしゆく　潮干に銀の水注ぎゐて

坂道の続くゆふぐれ死んでゐる魚を提げて女歩めり

声にならぬ声響きをりモノクロの排水管よりいつの世の風

深き森をゆきつつ木々を見上ぐれば高きに枝と枝の交はる

le TROKSON
LaFabriQ
atelier - Boutique

V

みづからの両肩を抱く寂しさにセーターはあり部屋に干されて

触れさうで触れぬ肩あり硬質の冬の光を乗せてトラムは

C'EST CE QU
DE NOS JOURS
LES ANNÉES
2018

曇り日の日時計の影ほの蒼く人とわれとの隔たりを告ぐ

にんげんのひとつひとつのさみしさを空へ放てる回転ぶらんこ

鈴懸の鈴残りゐる冬木立　西も東も夕焼けてゆく

悲しみをわかちあふごと公園の椅子は月夜に向き合ひてあり

冬中の雨を集めて黙しをりボートの水が映すあを空

二〇一八年十一月より黄色いベスト運動が起こり半年に亘り混迷が続いた

もの憂げなパキラの緑　土曜日は乗り降りできぬ駅ばかり増ゆ

30
A.C.A.B

警官の跨がる馬の動き出し砂塵のやうに罵声広がる

群衆はこの運動をフランス革命になぞらへマクロン大統領の馘を求めた

曇天を沈めて流すセーヌ川　人の名荒く連呼されをり

爆音と催涙ガスは放たれて右岸、左岸へ鳩の飛び去る

催涙ガスにのどふたがれて走りをり息すればわれぼろぼろこぼる

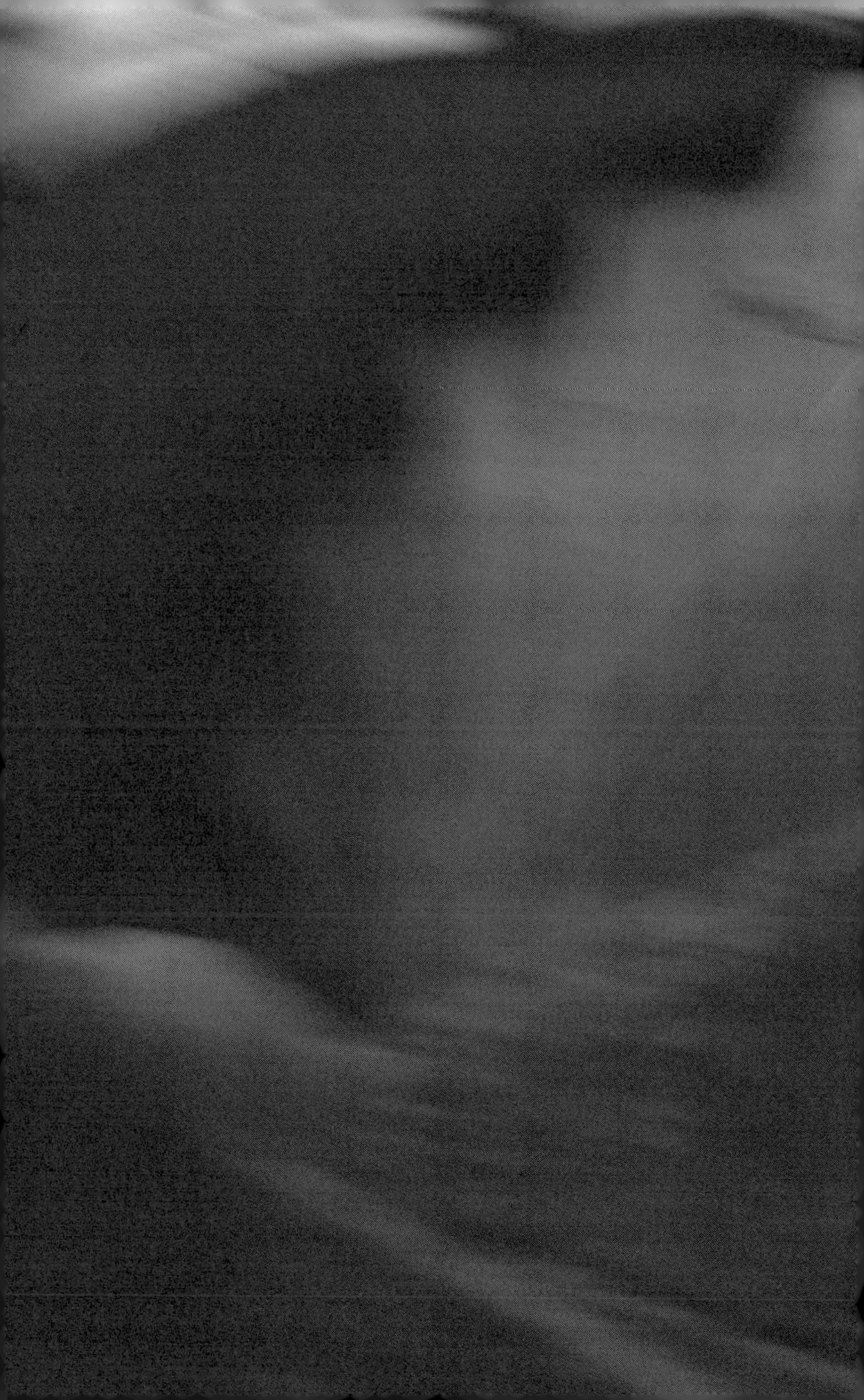

キュビズムの絵画となれり逆光の煙に滲むパリの景色は

BISTROT
UERITE
APPY
OURS
PIZZAS

暗澹たる永遠に駆け出すかたちなりジャンヌ・ダルクの金の騎馬像

LANCÔME
PARIS
La vie
est belle
L'Eau de Parfum
DIM

行き違ふメトロの窓に映りゐるわたしの顔が運ばれてゆく

座りゐる（だらう）ギターを弾く（らしき）女、キュビズム風の絵画に

手鏡に映れる空と樹々の間を飛ばされてゐる鳥とわたしと

瞋《いか》るために生きてゐるのか　憎しみを突き付けられてカフェが燃えゐる

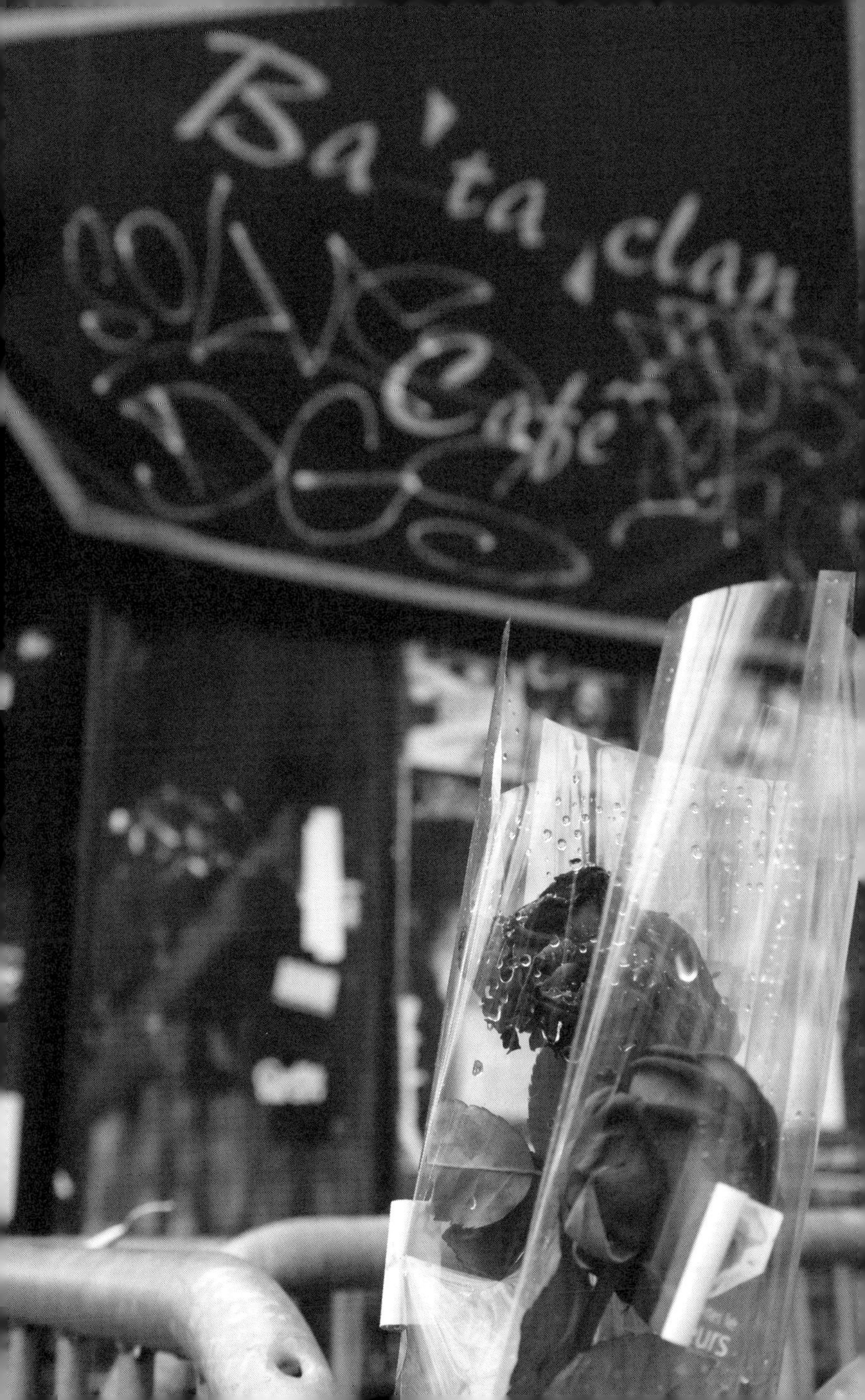
Ba'ta'clan
Café

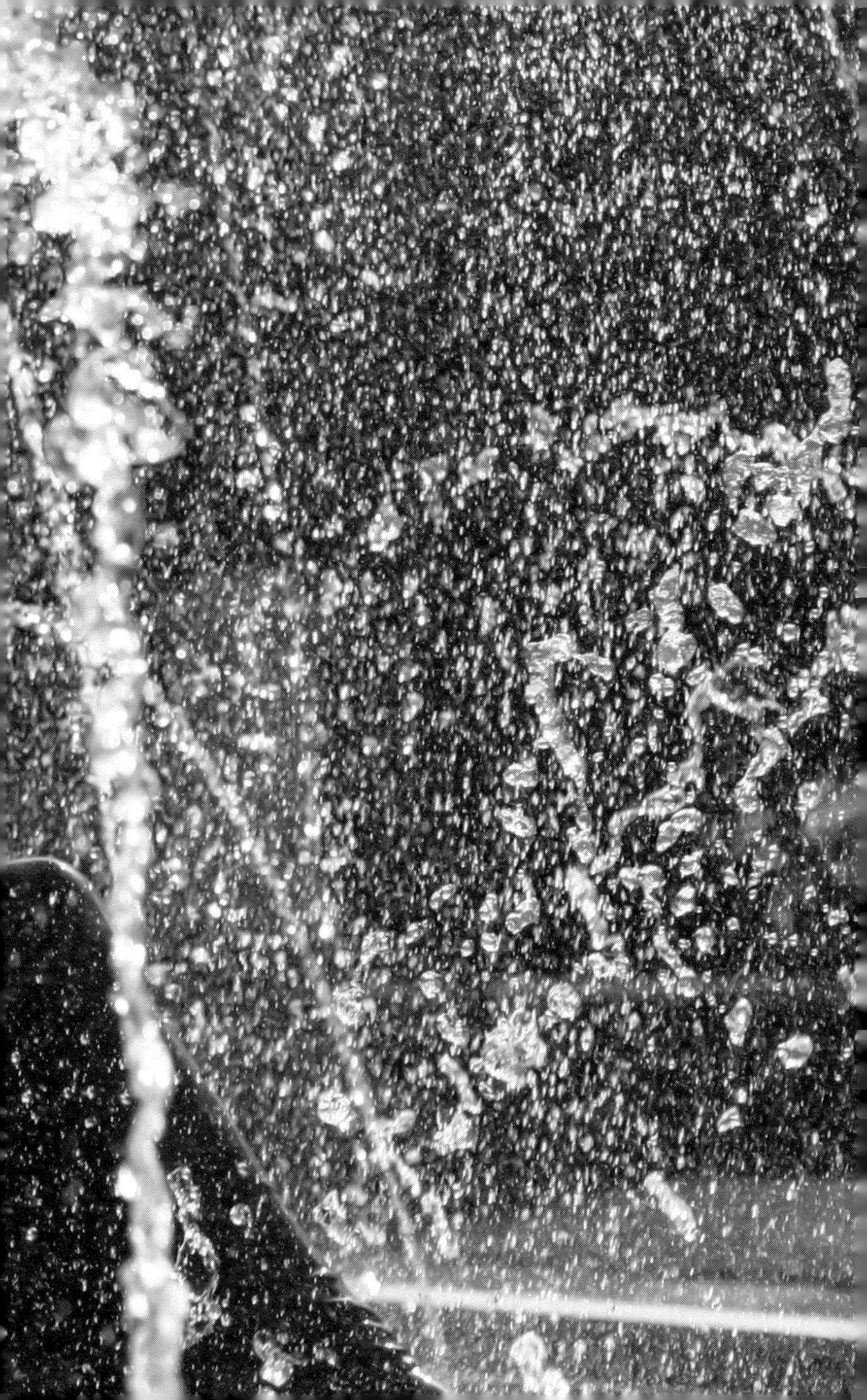

黄色いベストを被るアナキスト、極右、極左、反資本主義者、Black Bloc《プロの壊し屋》
昇りゆき怒号に触るる噴水は水面に黒き光ちりばむ

言ひつぱなしの約束のやう夕空に残されてある細き梯子は

さかさまにマリアンヌ像は歪みをり水の鏡となれる広場に
みづうみが溢れきつたら孤りきり水に映れる曇天と鳥

煙突に腰かけるきみ夕焼けが北にずれたらやがて春だよ

春過ぎて凱旋門の向かうから隊列を組む蟻もくるだらう

二〇一九年四月ノートルダム大聖堂炎上

ノートルダムに肘をつきつつキマイラは空の果てなる空を見てをり

バゲットを胸に抱きつつ遠回りとほまはりして戻れない場所

あとがき

二〇一五年十一月十三日夜、パリ市内の数か所と郊外で同時多発テロ事件が発生しました。当時パリに住んでいた娘と数時間連絡が取れなかったことも含めて、その日の衝撃を思い出すと体が固まってしまいます。

テロ事件から一年二か月にわたり、国家非常事態宣言が出され、フランス軍によるシリア空爆が繰り返されました。私が暮らしていたリヨンではそれまでと同じ生活が続いていましたが、事件を境に何かが大きく変わったことは肌で感じられました。軍隊に志願する若者が増え、自分の子が志願兵になるかもしれないと悩む友人もいます。愛国心が高まる一方で、移民に対する差別があらわになり、罪のないイスラム系の人たちが家宅捜索をされたりもしました。十一月の事件に先立って起こった同年一月のシャルリ・エブド社襲撃とその一連の事件は、ユダヤ人を標的とするものと言われていますが、さらなる攻撃を怖れてイスラエルに引き揚げる人もいました。

今もフランスでは心の葛藤を持ちつつ、さまざまな人種が違う宗教のもと暮らしています。その人たちの今を少しでもすくいあげることができればと、十七年四か月のフランス滞在を終えるのを機にこの歌集をまとめることにしました。歌ではできるだけ心の内側を、写真ではフランスに生きる人々の姿をすくいあげるように心がけたつもりです。

タイトルの「黒い光」は、日常と非日常の反転であり、日常と非日常の光と闇が同時にそこにあるイメージでもあります。私が見てきたことはほんの一部に過ぎず、また、事件とそれによって失われた命の重みを考えると、個人的な歌を多く載せることにためらいがあり、歌数の少ない歌集となりました。一人の異邦人として感じたままを等身大でかたちに残すことしかできませんが、フランスの今を少しでも感じて頂ければ幸いです。

本書ができるまでに多くの方にお力添え頂きました。師である佐佐木幸綱先生、栞文を書いて下さった大口玲子さん、ハービー・山口さん、赤木曠児郎さん、また装幀の南一夫さんに心から感謝申し上げます。出版にあたり角川文化振興財団の石川一郎さんと吉田光宏さんには大変お世話になりました。この場をお借りして厚くお礼申し上げます。

二〇二〇年一月二〇日

松本実穂

著者略歴

松本実穂（まつもと　みほ）

2002年　フランスに渡りワインを学ぶ
　　　　パリ・フェミナリーズ世界ワインコンクール
　　　　等の審査員を務める
2012年　佐佐木幸綱氏のリヨン訪問をきっかけに作歌
　　　　を始める
2013年　「心の花」入会
2015年　「パリ短歌」創刊に加わる